AF460887

Mai 1889
Arras

Arras 27 Mai 1889

V

VENTE APRÈS DÉCÈS

DE M. CH. BUISSART DE CARDEVACQUE

LES LUNDI 27, MARDI 28 ET MERCREDI 29 MAI 1889

A la Salle des Ventes, rue des Trois-Faucilles, 20

A ARRAS

PORCELAINES

Faiences — Tableaux

MEUBLES ANCIENS

SIÈGES

COMMISSAIRES-PRISEURS

MM^es ADVIELLE ET HENRY

EXPERT

M. CHARLES MANNHEIM

EXPOSITION PUBLIQUE

Les Samedi 25 et Dimanche 26 Mai 1889

DE DIX HEURES A SIX HEURES

CATALOGUE

DES

FAIENCES FRANÇAISES

ET DE DELFT

Grès et Terres émaillés

Porcelaines de Sèvres, de Chine, du Japon et autres

TABLEAUX, DESSINS, GRAVURES

Sculptures — Terres cuites par Delaville, etc., etc.

Bronzes d'ameublement

MEUBLES FLAMANDS

Meubles du XVIIIe siècle en marqueterie — Sièges anciens

DONT LA VENTE AURA LIEU

Après décès de M. Ch. Buissart de Cardevacque

EN LA SALLE DES VENTES PUBLIQUES D'ARRAS

20, rue des Trois-Faucilles, 20

Les Lundi 27, Mardi 28 et Mercredi 29 Mai 1889

DE 10 HEURES A MIDI ET DE 2 HEURES A 6 HEURES

Par le Ministère de Mes **ADVIELLE & HENRY**, commissaires-priseurs à Arras

Assistés de **M. CH. MANNHEIM**, expert à Paris, 7, rue Saint-Georges.

Et à Arras, Hôtel de l'Univers

EXPOSITION PUBLIQUE

Les Samedi 25 et Dimanche 26 Mai 1889, de 10 heures à 6 heures.

CONDITIONS DE LA VENTE

La vente sera faite au comptant.

Les acquéreurs payeront, en sus de leur adjudication, *dix pour cent* applicables aux frais.

L'exposition mettant les acquéreurs à même de se rendre compte des objets vendus, aucune réclamation ne sera admise une fois l'adjudication prononcée.

Paris. — Imp. de l'Art, E. Ménard et Cie, 41, rue de la Victoire.

Désignation des Objets

FAIENCES FRANÇAISES

1 — Faïence d'Aprey. Jolie écuelle ronde à deux anses plates, avec couvercle surmonté d'une pomme et plateau rond. Décor polychrome à médaillons d'oiseaux et fond à bandes alternées roses, jaunes et bleues.

2 — Faïence de Nevers. Grand vase à ouverture large et à deux anses, à décor de style chinois en camaïeu bleu.

3 — Faïence de Rouen. Jolie bannette oblongue à pans et à deux anses, décor bleu et rouille, avec corbeille et cornets de fleurs au centre, ornements et guirlandes au pourtour.

4 — Faïence de Rouen. Compotier à pans et à contours, décor polychrome à corbeille et festons de fleurs.

5 — Faïence de Niderwiller (?). Plat long à contours, décor polychrome à large bouquet de fleurs au centre et jetés de fleurs au marli.

6 — Faïence de Rouen. Plat long à contours, décor polychrome *à la double corne.*

7 — Faïence de Rouen. Cache-pot cylindrique à deux anses, décor polychrome *à la corne.*

8 — Faïence de Nevers. Bassin ovale à deux anses en torsade, à décor bleu.

9 — Faïence de Niderwiller. Deux tulipes formant petits vases et deux cuillères, à décor polychrome.

10 — Faïence de Strasbourg. Deux cache-pots à décor polychrome à Chinois et fleurs.

11 — Faïence de Nevers. Deux petites jardinières à deux anses à torsades, à décor bleu.

12 — Faïence de Saint-Omer. Deux assiettes à bords contournés, fond bleu, à bouquets émaillés blanc.

FAIENCES DE DELFT

13 — Deux vases en forme de carafe, décorés de fleurs et d'oiseaux en camaïeu bleu.

14 — Plat rond, décor polychrome. Au fond, rochers, fleurs et oiseaux ; au marli, ornements et fleurs.

15 à 17 — Six jolies assiettes à compartiments de fleurs polychromes, encadrés de bandes bleues ornées.

18 — Deux assiettes à fond jaune, à rosace et compartiments de fleurs polychromes.

19 — Grand plat rond à fond vert et compartiments de fleurs, avec rosace au centre.

20 — Deux potiches couvertes à pans et à côtes, à décor bleu à fleurs et compartiments de personnages.

21 — Deux plats ronds à lobes, à décor bleu de style chinois.

22 — Grand plat rond à décor polychrome, à vases de fleurs, brûle-parfums, etc. Style chinois.

23 — Petit pot à anse et à côtes, à décor bleu, rouge et or. Style japonais.

24 — Deux vases forme gourde, à pans, à décor bleu.

25 — Deux vases analogues à ceux qui précèdent.

26 — Deux grands plats ronds en Delft polychrome, à fonds de couleur et réserves cordiformes contenant des fleurs.

27 — Potiche à pans, couverte, en faïence de Delft, dessin à fleurs en bleu sur émail blanc.

28 à 37 — Environ vingt cruches en grès émaillé gris, bleu et violet, variées de formes et de dimensions. Travail allemand et flamand.

PORCELAINES DE SÈVRES

DE CHINE ET D'ALLEMAGNE

38 à 45 — Plusieurs assiettes à bords festonnés en vieux Sèvres, pâte tendre, décorées de jetés de fleurs et à hachures bleues au marli.

46 — Huit pots à crème de même porcelaine et de même décor.

47 — Sucrier sur plateau oblong et adhérent, de même porcelaine et provenant du même service.

48 — Deux plateaux à biscuits de mêmes porcelaine et décor et provenant du même service.

49 — Deux moutardiers avec cuillères en ancienne porcelaine de Mennecy, décorés de jetés de fleurs polychromes.

50 — Six tasses et un sucrier en ancienne porcelaine de Tournay et d'Arras, à décor bleu à fleurs de style chinois.

51 — Diverses assiettes en porcelaine de Tournay, à décor bleu.

52 — Service de table en porcelaine de Tournay, décoré en bleu et composé d'environ 200 pièces.

53 — Lot d'assiettes et soupières en porcelaine d'Arras, à décor bleu.

54 — Trois assiettes à bords gaufrés et festonnés en terre émaillée de Wedgwood, décorées de fleurs en camaïeu vert.

55 — Deux perdrix formant boîte en ancienne porcelaine de Saxe, décorées au naturel.

56 — Diverses assiettes en ancienne porcelaine de Saxe, décorées de fleurs.

57 — Plat rond et creux en vieux Chine, décoré de fleurs et de lambrequins en émaux de la famille rose.

58 — Deux plats ronds en deux dimensions, en vieux Chine, décoré de fleurs et d'ornements polychromes.

59 — Bol rond en vieux Chine, décoré de fleurs et de papillons émaillés en couleurs sur fond capucin clair.

60 — Buire à une anse, à panse sphérique et col allongé, en vieux Chine, décorée en bleu à fleurs.

61 à 65 — Quantité d'assiettes en ancienne porcelaine de Chine, variées de décors.

66 à 69 — Fort lot de tasses, bols, soucoupes, etc., en vieux Chine, à décors variés.

70 — Deux écuelles rondes à deux anses, avec couvercles, décorées de fleurs et de fruits polychromes et enrichies d'ornements bleus.

71 — Trois plats ronds en vieux Japon, à décor de fleurs et d'ornements en bleu, rouge et or au fond, et ornements gaufrés au marli.

72 — Deux compotiers ronds en vieux Japon, à décor de fleurs arabesques, rosace et demi-rosaces en bleu, rouge et or.

73 — Deux compotiers analogues, décorés de paysages en bleu, rouge et or.

74 — Deux petites potiches couvertes en vieux Japon, à décor de fleurs et d'ornements en bleu, rouge et or.

75 — Lot d'assiettes en vieux Japon, à décors variés en bleu, rouge et or.

76 — Porcelaines et faïences diverses en lots, sous ce numéro.

ORFÈVRERIE

77 — Grande cafetière en argent du temps de l'Empire, à panse ovoïde, reposant sur trois pieds, et à goulot : tête de lion.

78 — Chocolatière du temps de Louis XV, en argent, sur trois pieds ornés et à manche en bois.

79 — Diverses salières du temps de Louis XVI et du temps de l'Empire, en argent.

80 — Réchaud rond en argent du temps de Louis XVI, avec manche en bois noir.

PLAQUÉ

81 — Six réchauds en plaqué, dont deux ovales et quatre ronds.

82 — Diverses salières Louis XVI en cuivre argenté.

OBJETS VARIÉS

83-84 — Plusieurs fusils de chasse, pistolets.

85 — Yatagan.

86 — Lot d'anciennes monnaies en argent et en cuivre.

87 — Coffret oblong à couvercle bombé, couvert en maroquin doré au fer. Époque Louis XIII.

88 — Quantité de verres à pied, burettes, etc., de Bohême et autres, la plupart gravés ou rehaussés de dorure.

89 — Quantité de monnaies et médailles en argent et en bronze, de diverses époques.

90 — Lot d'antiquités gallo-romaines en fer et en bronze. Fragments divers.

*

91 — Couteau à dessert, manche noir, avec lame et garniture en argent.

92 — Couteau de table Louis XVI, manche en porcelaine.

93 — Deux couteaux, époque Charles IX, manches en argent ciselé.

94 — Deux couteaux, époque Henri III, manches en argent ciselé.

95 — Lot de couteaux à manches en porcelaine tendre, de décors variés.

96-97 — Plusieurs lots d'objets de vitrine : corbeille en émail de Battersea, boutons de porte émaillés, étuis, montres anciennes, en argent repoussé, petits bronzes, etc., etc.

98 — Panneaux de croisées, composés de fragments de vitraux anciens.

TABLEAUX

99 — **Vos** (**Martin de**). L'Adoration des bergers. Bon tableau signé en toutes lettres et daté 1593.

100 — **Hellemont** (**Van**). Tabagie flamande.

101 — **Uden (Lucas van)**. Muletiers près d'un pont.

102 — **Palamèdes**. Assemblée de personnages, en costume Louis XIII. Dix figures.

103 — **Danloux**. La Musicienne. Esquisse.

104 — **Raoux** (Attribué à). Portrait de femme en costume de pèlerine.

105 — **Boucher** (École de). Pastorale. Dessus de porte en grisaille.

106 — **École française**. Antoine et Cléopâtre. Trumeau en grisaille.

107 — **Bourguignon** (École de). Une Bataille.

108 — **École hollandaise**. L'Enlèvement d'Hélène.

109 — **De Troy** (Genre de). Portrait de femme représentée avec les attributs de Diane.

110 — **École hollandaise**. Le Passage du gué.

111 — **École flamande du XVIe siècle**. Deux volets de triptyque. Portraits des donateurs.

112 — **Mignard** (École de). Anne d'Autriche. Portrait de forme ovale, dans un cadre ancien sculpté.

113 — **Salvator**. Curtius.

114 — **Vidal (L.)**. Fleurs, fruits et gibier.

115 — **Vidal (L.)**. Fruits et gibier. Deux pendants.

116 — **Monticelli**. La Confidence. Esquisse.

117 — **Dubois (D.)**. Paysage.

118 — **Beaumetz**. En reconnaissance. Esquisse.

119 — **Dourlens**. Plusieurs paysages.

120 — **Dutilleux (C.)**. Les Saules.

121 — **Guedy**. Paysage.

122 — Plusieurs tableaux anciens et modernes.

DESSINS — GRAVURES

123 — La Sainte Chandelle d'Arras. Dessin à l'aquarelle.

124 — Élévation d'un hôtel flamand de la Renaissance. Aquarelle.

125 — **Boucher** (Genre de). Le Nid et la Cage. Deux dessins aux crayons de couleur.

126 — Ésaü et Jacob, eau-forte dans la manière de Rembrandt. Cadre doré.

127 — Gravures de *Sicardi.*

128 — La Saison des Amours, d'après *Schall.*

129 — Route de Saint-Cloud et route de Poissy. Deux pièces en couleur de *C. Vernet.*

130 — Suite de quatre pièces en couleur de *C. Vernet :* Types de marchands des rues.

131 — Apollon et les Muses, gravure par *Massard*, d'après Jules Romain.

132 — Nombreuses pièces, fac similés de sanguine, gravées par Demarteau, d'après *Boucher.*

133 — Pièces de l'École française, d'après *Greuze*, *Raoux*, *Lancret.*

134 — Suite de chevaux, d'après *Carle* et *Horace Vernet.*

135 — Pièce gravée par Lemire, d'après *Gravelot :* Clairon couronnée (la prophétie accomplie).

136 — Nombreuses gravures encadrées.

SCULPTURES

137 — Terre cuite. Petit buste de jeune femme. Signé : *Delaville, 1810.*

138 — Terre cuite. Statuette attribué au même artiste, représentant un personnage, en costume de la fin du xviiie siècle, portant un sac d'écus.

139 — Terre cuite. Statuette : Hercule enfant, étouffant des serpents. Signé : *Delaville f., à Lens, 1805.*

140 — Terre cuite. Deux statuettes, par Delaville, à Lens, 1824 : le Mauvais Ménage.

141 — Terre cuite. Deux statuettes attribuées à Mathon : Faune et Bacchante.

142 — Terre cuite. — Deux bustes-appliques en bas-relief sans fond, par Mathon : Robespierre et Carnot.

143 — Christ en bois sculpté, avec encadrement doré et bénitier.

144 — Platre. Deux figures Louis XV : Seigneur et Dame à la chasse, en regard; modèles de chenets.

145 — Nombreux panneaux en bois sculpté, montants de meubles, colonnettes, frises, modillons, ornements.

BRONZES D'AMEUBLEMENT

146 — Deux chenets Louis XVI, en cuivre, modèle vase ovale, sur socles cannelés, ornés de guirlandes de laurier.

147 — Deux petits chenets Louis XV, en bronze, à larges feuillages et vases.

148 — Surtout de table en trois parties, en cuivre argenté et à fond de glace, du temps de Louis XV.

149 — Pendule Louis XIV et sa console d'applique en marqueterie de cuivre sur écaille; elle est garnie d'appliques et surmontée d'une figure de la Renommée, en bronze.

150 — Lanterne pentagonale en cuivre, du XVIIIe siècle, garnie de cristaux.

151 — Lanterne d'antichambre, de forme Louis XV, garnie de cristaux.

152 — Petite pendule de l'Empire, en bronze doré mat.

153 — Deux petits candélabres de même époque, bronze patiné et bronze doré.

154 — Pendule Empire, bronze doré mat, à figure de femme lisant.

155 — Deux chenets Louis XVI, en cuivre, à galerie et glands.

156 — Deux bras-appliques, du temps de Louis XV, en bronze, à deux branches rocaille porte-lumières.

157 — Deux autres bras à deux branches feuillagées.

MEUBLES FLAMANDS ET MEUBLES EN BOIS SCULPTÉ

158 — Table à rallonges, de travail flamand et de style Renaissance, en bois de chêne sculpté, supportée par sept colonnes marquetées, reliées par des arceaux et reposant sur des traverses ornées terminées par l'avant de lions couchés.

159 — Deux supports ou torchères en bois de chêne, composés chacun de quatre colonnes torses, servant de base à une autre colonne torse qui supporte le plateau carré.

160 — Petite table rectangulaire en bois de chêne, reposant sur quatre pieds tournés, reliés par des traverses.

161 — Grande armoire Louis XV, en bois de chêne, fermant à deux portes vitrées.

162 — Bahut flamand fermant à deux portes, avec tiroirs au-dessus, en bois de chêne sculpté, à montants ornés

de têtes de génies, frise à rinceaux, oiseaux et chevaux marins et mufles de lion dans les angles.

163 — Corniche porte-cruches en bois de chêne sculpté à palmettes. Travail flamand.

164 — Joli meuble flamand, à deux corps fermant à quatre portes reliés par des colonnettes et des balustres, avec tiroirs en entredeux, en bois de chêne sculpté, à mascarons, godrons et ornements variés. Il porte la date de 1596.

165 — Meuble flamand en bois de chêne sculpté, à deux corps, fermant à quatre portes et à deux tiroirs. Le corps supérieur en retrait est orné aux angles de deux gaines à cariatides humaines qui supportent la corniche.

166 — Grand buffet fermant à trois portes, avec tiroirs au-dessus, en bois de chêne sculpté à têtes d'enfants et d'animaux, guirlandes et ornements variés. Il est surmonté d'une étagère à deux tablettes. Travail flamand.

167 — Corniche de même travail, cloutée de cuivre et portant la date de 1759.

168 — Meuble flamand à deux corps séparés par un rang de tiroirs formant avec la base et la corniche avant-corps, reliés à l'aide de cariatides d'hommes et de

femmes; le tout en bois de chêne sculpté, décoré de rinceaux fleuris, de vases et de têtes de chérubins. Il porte la date de 1660.

169 — Meuble de même travail, à trois corps superposés dont l'un est formé d'arceaux supportés par des pilastres. Le corps inférieur et le corps supérieur ferment à deux portes et deux tiroirs sont placés au-dessus des arceaux.

170 — Bahut flamand en chêne sculpté, ouvrant à deux portes décorées de bossages irréguliers et surmontées de deux tiroirs à rinceaux et animaux. XVIIe siècle.

171 — Meuble flamand analogue au précédent, en chêne sculpté.

172 — Table en vieux chêne, à pieds fuselés et cannelés, reliés par des traverses et à dessus de marbre.

173 — Petit coffre en chêne sculpté à façade, composé de trois panneaux Renaissance à médaillons-bustes.

174 — Grande armoire à deux portes composées chacune de neuf panneaux en chêne sculpté du XVIe siècle, représentant des bustes, des écussons, des dauphins, des feuillages et des rubans. Une colonnette fuselée et feuillagée forme le couvre-joint et supporte une statuette de Vierge rapportée du XVIIe siècle. Les portes sont garnies de pentures de fer.

175 — Frise flamande, porte-canettes, en chêne sculpté, cloutée de cuivre.

176 — Console en bois sculpté du temps de la Régence, rehaussée de filets violets sur fond blanc et à dessus de marbre.

177 — Petite table oblongue, à contours, de même style, avec dessus de marbre blanc.

178-179 — Quatre torchères formées chacune d'une figure de nymphe debout, tenant un cornet, sur fût de colonne cannelée, orné de guirlandes de fleurs. Le tout en bois sculpté, peint en blanc et rehaussé de dorure du temps de Louis XVI.

180 — Grand lit à fond et dossiers élevés, en bois sculpté et peint en blanc, du temps de Louis XVI. Il est garni de cretonne à fleurs.

181 — Coffre oblong en laque noir, à décor d'or, sur socle ou table en bois sculpté, à coquille et ornements, du temps de Louis XIV.

182 — Panneau rectangulaire, en bois de chêne sculpté, à coquille et ornements rocaille. Époque Louis XV.

MEUBLES

DES XVIIe ET XVIIIe SIÈCLES

183 — Joli petit bureau, dit bonheur du jour, en bois rose et marqueterie de bois clair, figurant des livres rangés, des vases, des théières, des jeux de cartes. Les pieds légèrement cintrés sont reliés par une tablette d'entrejambes et le casier supérieur a six tiroirs.

184 — Petite commode demi-lune, en marqueterie de bois, à trophées et vases et à dessus en marbre. Époque Louis XVI.

185 — Deux petites consoles Louis XV, peintes blanc et jaune et à tablettes de marbre.

186 — Belle commode Régence, forme dite tombeau, en bois violette, garnie de cuivres ciselés et doré, chutes à cartouches, volutes et pente de feuillages, sabots, entrées et poignées. Tablette en marbre rouge des Flandres.

187 — Petit bureau à cylindre, de l'époque Louis XVI, en bois rose marqueté, à filets et médaillons de fleurs.

188 — Commode Louis XV, de forme contournée, en palissandre et bois rose, garnie de cuivres rocaille et à dessus de marbre.

189 — Commode Louis XV, de forme contournée, en bois satiné, garnie de cuivres et à dessus de marbre.

190 — Beau miroir, glace biseautée, dans un cadre à fronton, en bois sculpté et doré. Époque Louis XIV.

191 — Coffre rectangulaire en bois de chêne, décoré d'incrustations en bois variés de nuances.

192 — Console Louis XVI, à pieds légèrement arqués en acajou, incrustée de guirlandes en bois noir. Dessus en marbre.

193 — Petite commode Louis XV, palissandre et bois rose, à dessus de marbre.

194 — Petite commode Louis XV, à deux tiroirs et à dessus de marbre.

195 — Commode droite Louis XVI, en bois de placage, à trois rangs de tiroirs et à dessus de marbre blanc.

196 — Lit Louis XIII, à colonnes torses, supportant un dais avec garniture en étoffe brodée et soutachée.

197 — Autre lit Louis XIII, sans garniture.

198 — Petite console Louis XVI, en bois sculpté et doré, à dessus de marbre.

199 — Glace psyché du premier Empire, en bois d'acajou, à chapiteaux et figures d'applique en bronze ciselé et doré.

200 — Deux consoles d'applique ou crédences, en bois doré à volutes et guirlandes.

SIÈGES

201 — Fauteuil du temps de la Régence, en bois sculpté et peint en blanc, couvert en reps imprimé à fleurs sur fond brun.

202 — Meuble de salon du temps de Louis XV, en bois sculpté et peint en blanc, couvert de reps imprimé à fleurs sur fond brun. Il se compose d'un canapé et de dix fauteuils.

203 — Deux tabourets Louis XV en bois, l'un d'eux peint en blanc, couvert de même étoffe, l'autre rehaussé de dorure.

204 — Deux chaises Louis XVI en bois laqué blanc avec rehaut de bleu, à dossiers ornés d'une lyre, et couvertes de soie bleu clair.

205 — Meuble de salon composé d'un canapé et six fauteuils du temps de Louis XV, en bois sculpté à fleurs et peint en noir, couverts d'étoffe de laine jaunâtre.

206 — Fauteuil Louis XIV en bois sculpté, couvert de tissu imitant la tapisserie.

207 — Grand fauteuil à dossier carré, de même époque et couvert de même étoffe.

208 — Quatre fauteuils Louis XVI, dossiers à médaillons, peints en blanc et rechampis bleu.

209 — Huit chaises Louis XV en bois sculpté, modèle à coquilles, rinceaux et feuilles ; elles sont couvertes en velours rouge d'Utrecht.

210 — Bergère Louis XV peinte en blanc.

211 — Deux bergères Louis XVI à dossiers arrondis.

212 — Quatre fauteuils Louis XV sculptés et peints.

213 — Deux chaises Louis XIII couvertes en cuir.

214 — Chaise longue en deux parties, de bois sculpté et peint noir. Époque Louis XV.

215 — Quatre chaises en chêne tourné, style Louis XIII, couvertes en cuir et cloutées de cuivre.

216 — Cinq tabourets en vieux chêne tourné et à moulures sculptées.

217 — Petit miroir Louis XIII à cadre plaqué d'écaille, et garni de moulures en bois noir guilloché.

218 — Chaise à dossier lyre, peinte en blanc.

219 — Canapé Louis XV à ornements sculptés, peint en blanc.

220 — Plusieurs fauteuils Louis XV.

www.ingramcontent.com/pod-product-compliance
Ingram Content Group UK Ltd.
Pitfield, Milton Keynes, MK11 3LW, UK
UKHW020227180726
13838UKWH00005B/2233